L'auberge rouge

Fichedelecture.com

Balzac, L'auberge rouge (Fiche de Lecture)

I. BIOGRAPHIE DE BALZAC

Né à Tours en 1799, fils d'un fonctionnaire impérial, Balzac est, dès sa naissance, mis en nourrice. Sa mère ne s'intéresse guère à lui. De 1807 à 1813, pensionnaire au collège de Vendôme, il ne revient pas une seule fois dans sa famille. Cette dernière s'installe à Paris en 1814. Il y fait des études de droit et devient clerc de notaire dans l'étude de Me Guyonnet Merville (qui servira de modèle au Derville de la *Comédie humaine*). Mais il décide, en 1819, de se consacrer à la littérature. Jusqu'en 1829, il publie quelques récits sous des pseudonymes. Ce n'est qu'en 1829 que parut la première œuvre signée de son nom, *Les Chouans*. Ses œuvres se succèdent alors à un rythme effréné (malgré les gains que lui apporteront toutes les publications, il connaîtra toute sa vie de sérieux ennuis financiers). Au début de 1830, il publie les *Scènes de la vie privée*, recueil de six nouvelles (*La Vendetta, Gosbeck*...). Il commence à devenir célèbre, célébrité que vient confirmer *La peau de chagrin* (1831). En 1832, il reçoit une lettre de « l'étrangère », Mme Hanska, qui lui exprime son admiration. Il engagera une longue correspondance avec elle et l'épousera en 1850, peu avant sa mort. Puis viennent d'autres grands succès : *Eugénie Grandet (1833), Le Père Goriot (1835), Le Lys dans la vallée (1836)*... Malgré cette production littéraire énorme, Balzac connaît une vie mondaine très intense. En 1842, tous les romans qu'il a écrits depuis 1829 commencent à paraître dans un très vaste ensemble intitulé *La Comédie humaine* (y figureront également les œuvres écrites par la suite). Le mari de Mme Hanska meurt en 1841, mais ce n'est que neuf ans plus tard, à quelques mois de sa mort, qu'il l'épousera. Le mariage a lieu en Ukraine le 14 mai 1850 et Balzac meurt le 18 août de la même année à Paris.

II. PRÉSENTATION DE L'AUBERGE ROUGE

Cette courte nouvelle d'une cinquantaine de pages appartient aux Études philosophiques. Elle est inspirée d'une histoire réelle, celle de l'auberge de Peyrebeille, dont les propriétaires auraient assassiné une centaine de personnes. Pour plus d'informations concernant ce fait divers passionnant (dont l'intrigue de Balzac se distingue tout de même très nettement), je vous invite à consulter le site d'histoire locale de la Provence et du Velay à l'adresse suivante : http://perso.wanadoo.fr/mathon/peyrebeille/peyreindex.htm

L'histoire fut également adaptée au cinéma par Jean Epstein en 1923 et par Claude Autant-Lara en 1951 (avec Fernandel).

III. RÉSUMÉ

Invité à une fête donnée en l'honneur d'un allemand, Hermann, « chef... [d'une] maison assez importante de Nuremberg » par un banquier parisien, un homme entend une histoire racontée par l'allemand, sur demande de la fille du banquier. C'est cette histoire, ainsi que les circonstances dans lesquelles l'allemand l'a racontée, que ce témoin privilégié de la scène relate ici. Il s'agit d'une histoire de meurtre. Dans une auberge proche d'Andernach, ville située sur la rive gauche du Rhin, deux jeunes sous-aides de l'armée française se retrouvent en compagnie d'un riche négociant allemand, Walhenfer, qui leur apprend, avant de s'endormir, qu'il a dans sa valise « cent mille francs en or et en diamants ». L'un des deux jeunes hommes, Prosper Magnan ne parvient pas à trouver le sommeil cette nuit-là. Il pense alors à la fortune du négociant, au confort qu'elle pourrait lui apporter et envisage rapidement de le tuer, puis de le jeter dans le Rhin. Sans faire le moindre bruit, il ouvre la fenêtre de la salle commune de l'auberge et retourne dans la chambre où il s'apprête à commettre le crime. Au dernier moment, il y renonce, jette l'instrument du crime sur le lit et se sauve dans la pièce dont il vient d'ouvrir la fenêtre. Il sort. Après une promenade le long du Rhin, il revient à l'auberge, où il s'endort en entendant « un bruit périodique assez semblable à celui que font les gouttes d'eau d'une fontaine en tombant du robinet ». À son réveil, il voit la tête de l'allemand à terre et son corps dans le lit, à côté de l'instrument avec lequel il voulait l'assassiner. Prosper Magnan s'évanouit alors et tombe dans le sang de Walhenfer. Son ami n'est plus là ; la valise non plus. C'est en prison qu'il racontera son histoire à Hermann, lui-même quelques jours prisonnier des Français et qu'il se confiera à lui. Il sera même exécuté sous les yeux de l'allemand. Pendant que Hermann raconte cette histoire, le narrateur comprend à ses réactions que l'un des convives, Frédéric Taillefer, n'est autre que l'ami de Magnan. Il se rend également compte que ce dernier est le père de la fille dont il est amoureux, Victorine Taillefer. Après avoir appris la mort de Frédéric Taillefer, Prosper réunit dix-sept amis pour répondre aux questions qui le préoccupent : doit-il épouser la fille de Taillefer, malgré le crime auquel est mêlé son père ? Si oui, que faire de l'argent ?

IV. ANALYSE DE LA STRUCTURE

La structure de cette courte nouvelle est assez particulière dans la mesure où plusieurs récits sont emboîtés. Ainsi, Prosper Magnan raconte son histoire à Hermann en prison ; Hermann raconte cette histoire aux convives ; enfin, l'un des invités raconte l'histoire et les circonstances dans lesquelles elle est racontée par Hermann. Il s'agit donc d'un livre gigogne, avec plusieurs mises en abîme. À chaque niveau se jouent des drames, ce qui rend la lecture extrêmement intéressante.

V. ANALYSE DES IDÉES DE BALZAC

Dans les Études philosophiques, Balzac s'attache notamment à peindre ce qu'il appelle dans l'avant-propos « les ravages de la pensée ». L'auberge rouge y a donc bien sa place dans la mesure où la nouvelle illustre la matérialité des effets de la pensée. Pour Pierre Magnan, la pensée du crime vaut le crime. Dès lors, il accepte d'être condamné, coupable d'y avoir songé. Pour de plus amples informations concernant la théorie de Balzac à propos de la pensée, je vous conseille le lien suivant :

http://www.v2asp.paris.fr/musees/balzac/collections/spiritualite/spiritualite1.htm

Dans la même collection en numérique

Escadrille 80

Inconnu à cette adresse

La controverse de Valladolid

Les Vilains petits canards

Une partie de campagne

Cahier d'un retour au pays natal

Dora Bruder

L'Enfant et la rivière

Moderato Cantabile

Alice au pays des merveilles

Le faucon déniché

Une vie

Chronique des Indiens Guayaki

Je voudrais que quelqu'un m'attende quelque part

La nuit de Valognes

Œdipe

Disparition Programmée

Education européenne

L'auberge rouge

L'Illiade

Le voyage de Monsieur Perrichon

Lucrèce Borgia

Paul et Virginie

Ursule Mirouët

Discours sur les fondements de l'inégalité

L'adversaire

La petite Fadette

La prochaine fois

Le blé en herbe

Le Mystère de la Chambre Jaune

Les Hauts des Hurlevent

Les perses

Mondo et autres histoires

Vingt mille lieues sous les mers

99 francs

Arria Marcella

Chante Luna

Emile, ou de l'éducation

Histoires extraordinaires

L'homme invisible

La bibliothécaire

La cicatrice

La croix des pauvres

La fille du capitaine

Le Crime de l'Orient-Express

Le Faucon malté

Le hussard sur le toit

Le Livre dont vous êtes la victime

Les cinq écus de Bretagne

No pasarán, le jeu

Quand j'avais cinq ans je m'ai tué

Si tu veux être mon amie

Tristan et.Iseult

Une bouteille dans la mer de Gaza

Cent ans de solitude

Contes à l'envers

Contes et nouvelles en vers

Dalva

Jean de Florette

L'homme qui voulait être heureux

L'île mystérieuse

La Dame aux camélias

La petite sirène

La planète des singes

La Religieuse

À propos de la collection

La série FichesdeLecture.com offre des contenus éducatifs aux étudiants et aux professeurs tels que : des résumés, des analyses littéraires, des questionnaires et des commentaires sur la littérature moderne et classique. Nos documents sont prévus comme des compléments à la lecture des oeuvres originales et aide les étudiants à comprendre la littérature.

Fondé en 2001, notre site FichesdeLectures.com s'est développé très rapidement et propose désormais plus de 2500 documents directement téléchargeables en ligne, devenant ainsi le premier site d'analyses littéraires en ligne de langue française.

FichesdeLecture est partenaire du Ministère de l'Education du Luxembourg depuis 2009.

Plus d'informations sur www.fichesdelecture.com

ISBN: 978-2-511-02978-7

Notes :

www.ingramcontent.com/pod-product-compliance
Lightning Source LLC
LaVergne TN
LVHW050850200726

843508LV00013B/3022